Petit Féroce

et ses amis

Texte de Paul Thiès
Images de Mérel

PETIT FÉROCE

et ses amis

RAGEOT • ÉDITEUR

ISBN 2-7002-3164-3
Conception graphique : Marc Fleuret.
Cet ouvrage a paru sous le titre *Petit-Féroce est un génie.*

LE RÉGIME DE CERISE-QUI-MORD

Vous vous souvenez de moi ? Je m'appelle Petit Féroce. J'ai les cheveux noirs, une jolie massue fabriquée par mon papa Grand-Féroce et un gentil ronronge apprivoisé, tout brun, avec des oreilles pointues, de longues longues dents et une queue interminable.

J'habite avec ma famille une caverne magnifique, au bord du lac de la Lune, pas loin de la grande forêt.

Dans le lac, on ramasse les lapinois et on les mange. Dans la forêt, on pêche des carpoches et on les mange.

Comment ? C'est le contraire ? Tant pis : l'essentiel c'est de croquer tout ce qui ne vous croque pas d'abord, avant que ce que vous voulez croquer et qui veut aussi vous croquer vous croque vous. Vous comprenez ? C'est la dure loi de la jungle !

Et jusqu'à présent, je ne me suis pas fait croquer, parce que je suis malin et que j'ai de la chance.

Aujourd'hui, dans une clairière de la forêt, mon petit frère Sifflotin et moi nous dégustons un énorme morceau de trompe de mammouth.

Le gros défaut des mammouths, c'est qu'il n'y a qu'une seule trompe de mammouth par mammouth, dommage !

Et le gros défaut de ma meilleure amie, Cerise-qui-mord, la fille d'Arbre-Rouge le sorcier de la tribu, qui a des cheveux rouges et de jolis yeux verts, c'est qu'elle a PARFOIS mauvais caractère et TOUJOURS des idées bizarres.

Alors que je savoure tranquillement mon bout de trompe, j'entends un cri terrible derrière moi :

– Petit-Féroce ! Espèce de gloutosaure goulu !

C'est Cerise ! Je suis sûr qu'elle cherche la bagarre. J'avale mon morceau en manquant m'étrangler et je réponds :

– On ne dit pas gloutosaure goulu mais goulusaure glouton. Tout le monde sait ça !

Cerise rugit :

– Ne détourne pas la conversation, goinfre !

Aïe, aïe, aïe… ! Elle a une idée derrière la tête, et je me méfie presque autant des idées de Cerise que d'un mammouth pas encore cuit.

Je lui propose sans trop d'espoir :

– Tu ne veux pas un morceau de trompe ?

Elle hurle :

– Non ! Ma maman, Feuille-d'Érable, dit que je suis trop grosse ! Elle m'a mis au régime ! Elle m'a INTERDIT le mammouth ! Je ne mange plus que des tristoumates en tranches et des radimoches en rondelles.

Et Roûmm, mon ronronge, frétille de la queue au museau : il adorerait ce régime-là.

Floup, le renifflou apprivoisé de Sifflotin, qui a d'énormes oreilles, une poche sur le ventre et une grosse truffe noire, pousse un gémissement approbateur. Quant à cet hypocrite de Sifflotin, il donne un grand coup de dent dans son morceau de trompe et marmonne innocemment :

– Comme c'est triste !

Cerise le foudroie du regard puis grommelle :

– Petit-Féroce, tu es mon meilleur ami. Tu es même mon fiancé… Tu m'aimes bien, hein ?

Aïe, aïe, aïe…

– Tu m'aimes beaucoup !

Aïe, aïe, aïe, aïe, aïe…

Cerise m'arrache mon morceau de mammouth, le jette par terre et déclare :

– Alors, tu dois suivre le même régime que moi.

Oh là là ! C'est pire que pire ! Je bafouille :

– Mais je déteste les radimoches !

Cerise secoue ses cheveux plus rouges qu'un ciel d'orage au crépuscule et gronde :

– Tu m'aimes, oui ou non ?

Justement, je commence à me poser la question. C'est vrai ça, je préfère qui, ma Cerise-qui-mord ou mon mammouth ?

– Ben… Beu… Bouh…

Cerise tape du pied et proclame :

– Alors, si tu m'aimes, tu aimes aussi les radimoches et les cracarottes et les tristoumates et les betterages et les éplupluches !

Pas la peine de discuter. Je regarde mon morceau de trompe qui refroidit par terre et je dis :

– Je peux au moins finir ça ?

– Pas question ! Donne-le à Sifflotin.

Et ce misérable Sifflotin rafle tranquillement ma tranche de trompe. Le faux frère ! Je déteste les gourmands ! La seule chose de pire qu'un petit frère gourmand, c'est le petit frère gourmand d'un grand frère au régime.

Je soupire. Après tout, Cerise est ma fiancée : impossible de l'abandonner seule et sans défense (de mammouth !) contre une armée de concombruns verdâtres et d'asperjois grognons. Et je suis un grand guerrier ; je n'ai pas peur de quelques légumes et d'un petit régime de rien du tout.

En plus j'aime bien faire plaisir à Cerise, moi !

– Bon c'est d'accord…

Cerise est ravie ! Elle me prend la main et décide :

– Viens… On va se râper une jolie sinistrouille à l'oignon.

Je marmonne sans conviction :

– Hum… Ce sera délicieux…

Et le soir, dans notre belle grande caverne, autour du feu jaune et orange, dans la bonne odeur de thym, de romarin et de pomme de pin qui flotte autour de la marmite, pendant que toute la famille mange le ratapoil à moustaches chassé par papa Grand-Féroce, pendant que Roûmm mon ronronge ronronne en rêvassant, pendant que Floup le renifflou évente de ses larges oreilles poilues le bébé Petit-Sauvage qui dort dans son berceau en corne d'aurochs, je grignote mélancoliquement et amoureusement un pépin de papouf.

J'AI FAIM !

RÊVE DE DIPLODOCUS

La vie est dure, vous savez. Depuis que Cerise-qui-mord m'oblige à suivre un régime, mon estomac devient aussi creux qu'une marmite sans mammouth.

Oh là là ! Comme je voudrais remanger du mammouth !

Vous vous demandez pourquoi je ne triche pas ? Pourquoi je n'avale pas une baleine baladeuse ou un cachalot en cachette ?

C'est que Cerise est maligne. Chaque matin, elle me rend visite à la caverne en suçotant des feuilles de frichefriche bien fraîches, et son complice, ce traître de Roûmm, arrive en gambadant derrière elle.

Il me renifle soigneusement pour vérifier que je ne sens pas le mammouth. Ensuite, il enroule sa longue longue queue autour de ma taille pour vérifier, mesurer et contrôler mon poids.

Finalement il grogne :

– Brouffff…

Ce qui veut dire :

– Ça va Cerise, il a été sage. Je peux faire cinq tours de queue autour de son ventre.

En récompense, Cerise le bourre de graines de tournesucette ; et l'affreux ronronge se gave pendant que je meurs de faim !

Ensuite, Cerise-qui-ne-mord-plus me félicite et m'autorise à l'embrasser. Seulement, je n'ose pas : j'ai tellement faim que je risque de la dévorer par erreur !

Bref, je suis horriblement malheureux ! Par contre, Maman Jolie-Féroce est contente parce que je deviens plus sage chaque jour. Je ne brise plus ses pots de terre cuite, je ne déchire plus ses pagnes de cérémonie, je ne casse plus les crânes de tigre que papa Grand-Féroce accroche aux murs de la caverne pour la décorer, je ne me dispute même plus avec mon cousin Gobe-Gobe.

Évidemment ! Je m'affaiblis à vue d'œil. J'ai à peine la force de soulever la queue de Roûmm mon ronronge pour essayer d'étrangler ce maudit Sifflotin, qui me nargue avec un énorme gigot de galopître gigoteur qu'il dévore à belles dents.

En plus, l'odeur de la viande rôtie me donne des vertiges et des visions, et même des croquechemars. J'ai la sensation de me transformer en légume ; et il me semble que Roûmm m'observe d'un drôle d'œil en aiguisant ses longues longues dents.

D'autres fois, j'ai l'impression que sa queue devient la plus appétissante saucisse du monde, et c'est moi qui le regarde bizarrement…

La nuit, je rêve de diplodocus à douze pattes et de mammouths à trois trompes. Ensuite, je deviens un dragon vert et je leur fonce dessus pour les croquer. Mais à ce moment, mes écailles se transforment en feuilles d'artichaut, mes ailes en feuilles de salade et au lieu de cracher du feu, je me noie dans un lac de vinaigrette. Alors des lapinois surgissent de partout en imitant le cri de la cracarotte, et ils me mangent tout cru !

C'est cruel d'être croqué cru par des lapinois qui ne savent même pas cuisiner. Une humiliation cuisante !

Avec ce régime et tous ces croquechemars, j'ai l'impression de rétrécir. Je ne devrais plus m'appeler Petit-Féroce mais Moitié-de-Féroce, ou même Minuscule-plus-très-Féroce… Si je n'avais pas juré à Cerise de l'aider…

CRIC !
CRAC !
CROC !

Un beau matin, alors que je bavarde avec elle, au bord du lac de la Lune, je marmonne pour lui faire plaisir :

– Quelle BONNE idée, ton régime !

Elle répond seulement :

– Hum…

Ses yeux verts brillent moins que d'habitude.

Soudain, je devine l'oreille d'un lapinois qui dépasse d'une touffe d'herbe.

Je sens que je deviens plus vert qu'un dragon vert et je gémis courageusement :

– Quelle EXCELLENTE idée, ce régime.

Cerise répond pensivement :

– Hum hum…

Juste à ce moment, j'aperçois la seconde oreille du lapinois.

Je bredouille :

– Quelle DÉLICIEUSE idée…

Cerise répond :

– Hum, hum, hum…

Puis elle rugit :

– GRAOOORR !!!!!

Et on saute chacun sur une oreille du lapinois, on le met à la broche et on le dévore à belles dents. Hourra ! C'est comme ça qu'on n'est plus au régime !

YOUPI ! La vie est belle et les marmites sont pleines. On va pouvoir profiter de l'automne, flanquer des coups de pied aux feuilles mortes et se bagarrer à coups de marrons !

PETIT-SAUVAGE EST TRÈS TRÈS SAGE

Alors que je ronge rageusement mon régime pas réjouissant, les arbres rougissent, les oies sauvages, les horribles crâcrâneurs et les dangereux ptérodactyles traversent le ciel. Chaque jour, un marron au moins me tombe sur le nez : l'automne approche.

Pendant ce temps-là, les dents de Petit-Sauvage poussent une à une. À chaque fois qu'il en surgit une nouvelle, maman Jolie-Féroce fête ça en préparant un crococroque rôti ; et Sifflotin et moi, on se partage les dents du crococroque pour nos colliers de cérémonie. Quant à mon papa Grand-Féroce, il se rengorge, brandit sa massue et prédit à mon oncle Très-Très-Brutal :

– Petit-Sauvage deviendra sûrement un guerrier magnifique. Il avalera bientôt un grogrignou grognon à chaque petit déjeuner !

En attendant, Petit-Sauvage pleure beaucoup ; il faut le surveiller pendant que maman rend visite à ma tante Gentille-Cabriole et que papa chasse le lapinois blanc, le mammouth gris et le champignon noir.

Alors Sifflotin et moi, au lieu de courir dans la jungle, de cueillir des brontosaures ou de traquer des glisseglousses à poils durs, on reste dans la caverne pour garder le bébé qui hurle comme un chat sauvage.

Je grimace :

– S'il continue, la grotte va se fendre comme un œuf de fragiffou.

Sifflotin ricane :

– J'ai une idée. Puisqu'il n'est pas amoureux, lui, il n'est pas au régime. Donnons-lui un grand bol de bouillie de bœuphoque.

Il se croit très malin, Sifflotin !

Je réplique :

– C'est MOI l'aîné ici, alors c'est MOI qui ai les idées ! Prêtons-lui plutôt ton Floup à gros nez qui ne sert jamais à rien, ça le calmera.

Floup claque des oreilles, l'air de dire :

– Moi je veux bien essayer, mais les bébés, je n'y connais rien…

Sifflotin déclare avec autorité :

– Tu vas prouver à ce vantard (je me demande de qui il parle ?) que tu es très utile dans la famille ! Et que tu n'as pas un SI gros nez.

Il place la bestiole entre les mains du bébé. D'abord, Petit-Sauvage est ravi : le renifflou ressemble à une jolie boule de fourrure bien chaude.

Mais brusquement, il recommence à hurler si fort que dans la forêt, les diplodocus nains se cachent sous les champignons géants.

Le pauvre Floup a de si grandes oreilles que les cris du bébé le font sursauter, il a la truffe brûlante et le poil hérissé. Il a tellement peur qu'il essaie de se fourrer dans sa poche ventrale. Seulement, c'est très difficile pour un renifflou poilu d'entrer dans sa propre poche ! J'éclate de rire.

– Ton Floup est un froussard ! MON ronronge va tout arranger !

Et j'explique à Roûmm :

– Toi, tu vas le rendre plus calme qu'un sommeillou des marécages, pas vrai ?

Roûmm ne semble pas VRAIMENT convaincu.

Je lui demande :

– Un grand et beau ronronge comme toi n'a quand même pas peur d'un minuscule petit bébé ?

Roûmm soupire, FFFFFFFFF, grogne, GRRRÎÎÎÎÎÎ, gémit, MMMMMÛÛÛÛ, puis saute enfin dans le berceau.

Le bébé ouvre la bouche pour hurler mais Roûmm prend l'air féroce et fait claquer ses longues dents pointues afin de l'impressionner… et Petit-Sauvage commence à rire.

Horrrrrriblement vexé, Roûmm ronge le berceau en corne d'aurochs, GRRR GRRR GRRR, il grignote à grande vitesse.

Petit-Sauvage semble très intéressé : il attrape la queue de Roûmm et CLAC ! il lui donne un solide coup de dent ! Les oreilles du pauvre Roûmm se raidissent et ses yeux s'agrandissent.

Roûmm glapit mais CRAC ! Petit-Sauvage le mord encore, et CLOP, une troisième fois !

Roûmm gémit, gigote et jacasse, pas moyen d'échapper au sauvage Petit-Sauvage qui le déguste en rigolant.

Mais… Quelle chance ! Pendant qu'il mordille la queue de Roûmm, Petit-Sauvage ne hurle plus.

Sifflotin suggère :

– Continue ! Il est sage maintenant.

Je proteste :

– Mais il abîme la jolie queue de Roûmm mon ronronge.

Le pauvre Roûmm me regarde avec des yeux suppliants, l'air de dire :

– Petit-Féroce ! Tu ne vas quand même pas m'abandonner entre les crocs de ce terrible monstre ?

J'hésite et Sifflotin remarque :

– De toute façon, elle est beaucoup trop longue, la queue du ronronge !

Il ajoute perfidement :

– Puisque c'est TOI l'aîné, c'est normal que TON ronronge s'occupe du bébé, non ?

Pour une fois, il n'a pas tort, Sifflotin. Du coup j'explique à Roûmm :

– Tu sais, ta queue est TRÈS TRÈS longue. Ne sois pas égoïste et prêtes-en un bout au bébé.

Roûmm allonge les oreilles et pousse un gémissement lamentable qui signifie :

– Petit-Féroce, je t'en supplie, fais quelque chose !

Je déclare d'une voix grave :

– Puisque le bébé est content (et qu'il ne crie plus !) je suis content aussi. D'ailleurs tout le monde est content, pas vrai, Roûmm ?

Floup est d'accord.

Sifflotin est d'accord.

Petit-Sauvage est d'accord.

Roûmm n'est pas d'accord DU TOUT. Mais c'est moi le chef, non ?

Maman Jolie-Féroce revient en fin d'après-midi et nous demande :

– Petit-Sauvage n'a pas trop pleuré ?

Sifflotin et moi répondons fièrement :

– Oh non ! Et il a DEUX dents de plus que ce matin !

LE BISOU ET LE BISON

Moi, j'adore l'automne.

En automne, je deviens ENCORE plus amoureux, parce que les arbres de la jungle, les feuilles qui tombent, les écureuils qui grignotent les champignons rouges et les renarieurs qui gambadent sous les ronceronges me rappellent les cheveux de Cerise-qui-mord.

Alors, je renifle le vent, je me balade dans la forêt, je ramasse des marrons et des châtaignes que je partage avec mon ronronge. Mais, mais…

Mais je préfère me promener sous les branches moussues, avec ma jolie Cerise-qui-mord…

Un beau matin, j'invite Cerise pour une longue promenade. Je laisse les oreilles de Floup, la queue de Roûmm, et Sifflotin tout entier dans notre caverne, pour surveiller Petit-Sauvage. Comme ça, Cerise et moi, on sera enfin tranquilles !

Au bout d'un moment, nous découvrons une magnifique clairière tapissée de fougères rougeoyantes. Il y a des colchiques écarlates, une jolie mare verte, et aussi des tas de rigoloups à moustaches qui se faufilent joyeusement dans les hautes herbes.

Je me sens content, heureux…

Soudain, le vent m'envoie les cheveux de Cerise dans la figure ! Ils sentent bon la mûre, la groseille, la myrtille… et la cerise, bien sûr !!

Oh là là ! J'ADORE l'automne !

Juste à ce moment, Cerise grogne en reniflant :

– Je déteste l'automne ! C'est rempli de courants d'air, de mauvaises herbes… et de rhumes.

J'ai drôlement envie de l'embrasser, maintenant que le régime est fini. L'automne, c'est la saison de la chasse aux bisous ! Alors, pas question de contredire Cerise. Je réponds donc d'une voix convaincue :

– Moi aussi je déteste les rhumes ! Dès que j'en attrape un, maman Jolie-Féroce m'oblige à boire de la tisane d'oreilles d'âne. Et puis les rhumes sont contagieux…

Je la regarde timidement et je risque une allusion délicate (parce que je suis quelqu'un de TRÈS subtil) :

– Hum… et on ne s'embrasse plus comme on veut avec un rhume. Mais aujourd'hui, je n'ai pas de rhume. C'est une chance, non ?

Hélas, Cerise ne comprend pas mon allusion. Elle ne m'écoute pas et renifle de plus belle :

– Je sens que le rhume arrive !

Aïe, aïe, aïe… Pour le bisou, il faut se dépêcher ! Je suggère :

– Hem… Dis, si on s'embrassait vite, vite avant que tu sois contagieuse ?

Cerise marmonne sombrement :

– Si tu m'aimais vraiment, alors tu m'embrasserais même si j'étais plus enrhumée qu'un glaglagris des neiges !

Brrrr ! Ça me donne froid dans le dos. Mais j'affirme courageusement :

– Hum… Oui, oui, bien sûr… Mais… si on s'embrassait QUAND MÊME, heu… là tout de suite immédiatement sans réfléchir… hum… juste au cas où…

Cerise m'observe d'un air soupçonneux :

– Et si j'ai DÉJÀ un rhume ?

Je murmure d'une voix suppliante :

– Un petit bisou, c'est plus rapide qu'un gros rhume, hein ?

Cerise sourit :

– Maintenant ?

– Oh oui !

– Avant que le vent se lève, que les feuilles tombent et que les ronflosaures s'endorment ?

Elle parle bien, Cerise. On voit que son papa est un grand sorcier doué pour les formules magiques. Je suis DE PLUS EN PLUS amoureux. Je crie :

– Oh oui !

– Avant de rentrer tirer les oreilles de Floup, la queue de Roûmm et les moustaches de mon chat noir ?

– Oh oui !

– Avant que j'attrape un rhume plus gros qu'un mammouth malade ?

– Oh oui !

Mais à l'instant suprême, j'entends un bruit terrible, un fracas de branches brisées… et un bison déboule dans la clairière juste au moment où je tendais mes lèvres pour le bisou.

CATASTROPHE ! Il nous culbute (le bison, hein, pas le bisou) et nous expédie dans les airs ! J'atterris au sommet d'un séquoia aux feuilles dentelées et la pauvre Cerise plonge dans la mare, au milieu des carpoches moches et d'étonnants thonflasques, pendant que le bison disparaît dans la jungle. Il ne nous a même pas vus, la brute !

Ah là là ! Pour la chasse au bisou, j'aurais mieux fait d'emmener Cerise dans la jolie grotte tapissée de sable blanc que je lui ai offerte pour son anniversaire...

Je descends très vite du séquoia, je traverse la clairière au grand galop et je repêche Cerise qui sort de l'eau en recrachant une tortue, deux têtards et trois injures.

Pendant qu'elle secoue sa chevelure pour la sécher (je reçois des gouttes sur le bout du nez et c'est DRÔLEMENT agréable !), Cerise maudit les sabots du bison, les cornes du bison, et le bison tout entier.

Mais moi je suis obstiné, ha ha ! Je la prends par la main en murmurant :

– Alors ? On s'embrasse ?

Hélas, au lieu de répondre… ATCHOUM ! Cerise éternue si fort que je tombe à la renverse… dans la mare, plouf ! Et quand je sors de l'eau, j'éternue aussi, dix fois de suite !

Et voilà ! C'est pas de chance mais en automne, les bisons sont plus rapides que les bisous…

ATCHOUM MAGIQUE

J'éternue sans arrêt ! Je suis enrhumé moi aussi et j'ai un nez rouge plus gros que la truffe de Floup le renifflou !

Pour me soigner, maman Jolie-Féroce me gave de bouillon de brebiche. Mon papa et l'oncle Très-Très-Brutal m'interdisent de chasser avec eux car je risque d'éternuer au dernier moment, juste sous les moustaches des tigres ou les oreilles des mammouths.

Ça rend mon oncle si nerveux qu'une fois, il me suspend à une branche de bananier, à la place des bananes. Papa me décroche et me dit gentiment :

– Ce n'est pas grave, Petit-Féroce. Mouche-toi fort dans cette feuille de chourare.

Pendant ce temps-là, mon oncle Très-Très-Brutal place en ronchonnant les bananes sur son épaule : il n'y a rien d'autre à manger.

Ma cousine Galipette ne joue plus avec moi car je suis TRÈS contagieux. En me promenant, j'ai déjà enrhumé un lièvreux, deux lapinois et trois écu-roux. Mon cousin Gobe-Gobe se moque de moi et dit que j'enrhumerais même un cactus au milieu du désert.

Le seul avantage de la situation, c'est que je ne m'occupe plus du terrible bébé Petit-Sauvage.

En réalité, je ne suis pas TELLEMENT enrhumé, mais j'exagère pour que maman Jolie-Féroce me dorlote et me câline, et aussi pour faire plaisir à Cerise. Comme ça, SON rhume la rend moins furieuse. Ça vaut bien la peine de faire fuir quelques minuscules mammouths par-ci par-là, même si l'oncle Très-Très-Brutal n'est pas d'accord.

Un jour, j'organise un concours d'éternuements avec Cerise-qui-mord : je renverse une marmite de soupe qui ébouillanterait le bison (s'il était encore là !), mais Cerise éternue si fort qu'un troupeau de galopîtres effarés s'enfuit farouchement des fourrés de la forêt. Elle a gagné !

Mais un après-midi, Cerise ne vient pas me voir.

Car chaque automne, dans les bois, parmi les champignons multicolores, les guirlandes d'églantines et d'aubépines, les buissons de mûres et de myrtilles, le grand sorcier de notre tribu donne des leçons de magie à ses enfants, qui ont tous les cheveux rouges, rouges, rouges…

Moi, je n'appartiens pas à la famille, même si Cerise et moi on est fiancés et qu'on échange parfois un bisou au clair de lune.

Je suis jaloux ! Je voudrais tant devenir un grand magicien, moi aussi, et transformer un haricot vert en piment rouge, un radis noir en haricot blanc, ou même mon cousin Gobe-Gobe en grogrille géant.

Je décide de partir à la chasse, tout seul comme un grand. D'abord, ça prouvera à l'oncle Très-Très-Brutal que je suis parfaitement capable de me débrouiller seul et de ramasser un ou deux malheureux brontosaures pour le dessert. Et puis, si je rencontre par hasard le sorcier au coin du bois, et que je découvre (toujours par hasard !) quelques petits secrets, personne ne pourra rien me reprocher, hein ?

Alors, je pose ma massue sur mon épaule, j'éternue au museau de Roûmm qui veut me suivre, et je pars dans la jungle.

Au début, j'aperçois quelques brontosaures qui gambadent parmi les feuilles mortes, mais le premier a la queue trop courte, le deuxième les oreilles trop petites (les oreilles de brontosaure farcies au civet de lapinois, c'est le meilleur du meilleur !) et le troisième a mauvaise mine. Il est peut-être enrhumé, lui aussi ?

Heureusement, je tombe sur Arbre-Rouge, Cerise et ses petits frères, dans une clairière que je ne connais pas.

Drôle de hasard, non ?

Et drôle de clairière, mystérieuse, tapissée de feuilles mortes et craquantes, entourée d'immenses séquoias cramoisis. Je m'accroupis derrière un buisson et je tends l'oreille.

Cerise et les garçons sont assis en rond autour de leur père.

Arbre-Rouge ordonne :

– Pour commencer, toi, Œil-d'Écureuil, prononce la formule magique qui attire les oies sauvages.

Œil-d'Écureuil lève le nez et observe le ciel brumeux que les oiseaux d'automne traversent en criant. Il écarte les bras et marmonne quelque chose ; j'ouvre des oreilles plus grandes que celles de Floup, j'écarquille les yeux…

J'aimerais tellement devenir sorcier ! Si j'étais magicien, je guérirais d'un coup le rhume de Cerise, elle me trouverait génial, elle me féliciterait… et on s'embrasserait tranquillement !

Alors je regarde en retenant mon souffle et... Œil-d'Écureuil reçoit une énorme sinistrouille sur la tête ! Il s'est trompé de formule ! Hé, hé, hé... J'ignorais que les sinistrouilles poussaient au sommet des séquoias.

Oreille-de-Renard ricane :

– Pas d'oie rôtie ce soir !

Arbre-Rouge explique sévèrement :

– Voilà ce qui arrive quand on court derrière les galopîtres et les cabricourbes au lieu d'étudier ses formules magiques.

Œil-d'Écureuil, honteux, baisse la tête et ne dit rien. Il est plus rouge que ses cheveux !

Cerise dit :

– Atchoum !

Moi, à plat ventre sous les fougères, j'enfonce le nez dans l'herbe. Je veux absolument voir la suite !

Arbre-Rouge déclare :

– À toi, Oreille-de-Renard.

D'énormes nuages gris envahissent le ciel. Oreille-de-Renard respire profondément, renifle pour savoir d'où vient le vent et prononce quelques mots d'une voix mal assurée.

Et… boum ! Il reçoit lui aussi une sinistrouille sur le crâne !

On pourrait peut-être préparer une DÉLICIEUSE ratatouille avec ces deux sinistrouilles, non ?

C'est au tour d'Œil-d'Écureuil de ricaner tandis qu'Arbre-Rouge gronde :

– Quelle honte ! Vous ne deviendrez jamais de grands magiciens.

Cerise dit :

– Atchoum !

La pauvre ! J'ai envie d'éternuer aussi, pour lui tenir compagnie.

Arbre-Rouge ordonne :

– À Cerise, maintenant.

Cerise hésite. Mais voilà qu'un gros éternuement me chatouille le nez. J'essaie désespérément de me retenir… Rien à faire. J'éternue trois fois de suite !

Et je reçois moi aussi une ÉNORME sinistrouille sur la tête !

Renard et Écureuil se roulent par terre de rire. Et les oies sauvages descendent du ciel brumeux et se posent sur les branches des séquoias pour examiner les drôles de bestioles à cheveux rouges qui gloussent de joie au milieu de la clairière.

Moi, je suis fier comme tout, même si le jus de sinistrouille me coule sur le nez. C'est vrai, quoi, je suis un vrai génie ! Mon éternuement est encore plus magique que celui de Cerise : car c'est bien MOI qui ai réussi à les faire descendre, les oies sauvages !

LA PUNITION D'ARBRE-ROUGE

Aujourd'hui je suis invité chez Cerise-qui-mord pour fêter notre guérison ! Plus de rhume !

Feuille-d'Érable, sa maman, préparera sa grande spécialité : un ragoût de serpent-sifflou.

Le serpent-sifflou vit dans de lointains marécages ; il est très difficile à capturer mais délicieux à manger.

Sifflotin n'est pas invité. Il n'avait qu'à attraper mon rhume, hein ? Je n'emmène pas non plus Roûmm mon ronronge. D'habitude, il se dispute avec le chat noir de Cerise ; ils se mordent les oreilles, se griffent le museau et s'arrachent les moustaches.

Ma maman me fait tout un tas de recommandations avant mon départ :

– Surtout, Petit-Féroce, sois poli ! Ne tape pas sur les petits frères de Cerise avec ta massue et ne trempe pas tes pieds dans la marmite.

Arbre-Rouge, le grand sorcier, n'habite pas une grotte comme les autres Cavernois de notre tribu, mais une maison de bois au sommet d'un arbre gigantesque aux feuilles étranges, écarlates et dentelées.

Sous l'arbre, je renifle le serpent-sifflou qui mijote, tellement fort que des feuilles se détachent de l'arbre et me tombent sur le nez pour me chatouiller.

Cerise m'appelle :

– Dépêche-toi, Petit-Féroce, ou il ne restera même pas un bout de serpent-sifflou !

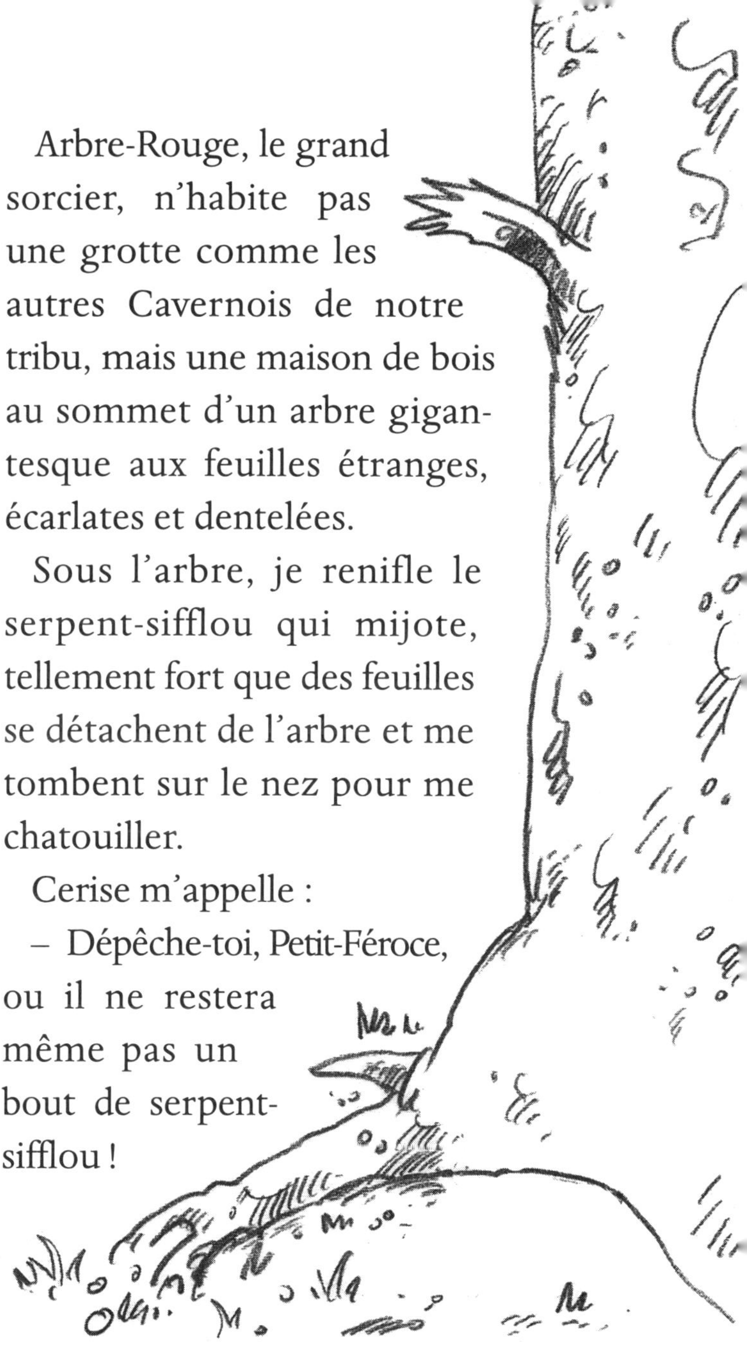

Mais dès qu'on s'assoit autour du ragoût de sifflou, les ennuis commencent. Les deux frères de Cerise sont là, naturellement, et ils sont encore plus gourmands que moi. Pourtant c'est difficile !

Œil-d'Écureuil hurle :

– Moi, je veux une patte !

Oreille-de-Renard braille :

– Moi aussi !

Cerise clame :

– Et moi, j'en veux trois !

Je fronce les sourcils, intrigué, et je demande à l'oreille de Cerise :

– Mais dis donc, le serpent-sifflou, normalement, ça n'a pas des pattes ?

Elle éclate de rire :

– Tu oublies que mon papa est un grand sorcier ! Le sifflou de maman est… hum… un peu spécial. Mais si tu réclames aussi une patte, je te mords !

Heureusement, je me souviens des recommandations de maman Jolie-Féroce. Alors je dis très poliment à Feuille-d'Érable :

– Merci beaucoup, pas de patte, j'adore le ventre de sifflou.

Mais je murmure à l'oreille de Cerise :

– Tu verras demain, dans la forêt ! Je te chatouillerai les doigts de pied avec une feuille morte, et tu riras tellement que j'en profiterai pour te faire avaler un GROS champignon rouge qui te donnera des tas de taches (très rouges) sur le bout du nez…

Cerise réplique sur le même ton :

– Tais-toi, ou je te transforme en cactus.

Malheureusement pour elle, Arbre-Rouge l'a entendue. Il fronce les sourcils et remarque sévèrement :

– Tu n'as pas honte, Cerise ? Petit-Féroce est ton invité. Demande-lui pardon ou tu seras punie.

Cerise refuse. Arbre-Rouge regarde fixement sa fille et prononce à mi-voix des paroles mystérieuses. Soudain, d'énormes cornes d'aurochs poussent sur la tête de Cerise ! Elle jette un cri d'effroi mais les cornes poussent de plus en plus vite ! Elles grossissent tant qu'Œil-d'Écureuil se balance en rigolant sur la corne droite et Oreille-de-Renard sur la corne gauche.

Et pendant que Cerise, furieuse, leur crie des choses très désagréables, sa maman me donne une délicieuse patte de serpent-sifflou.

MIAM MIAM !

Cerise sort de la cabane suspendue pour bouder. Malheureusement, ses cornes s'accrochent aux branches de l'arbre. Ça ferait un joli berceau de rechange pour Petit-Sauvage…

Je rejoins Cerise et je l'aide à descendre.

– Tu sais, même comme ça tu es très très très jolie.

Elle soupire :

– Tu sais, je ne t'aurais pas VRAIMENT changé en cactus. Je te demande pardon.

Je propose :

– Allons dans notre caverne…

Cerise est d'accord. Nous nous éloignons du grand arbre et des grottes de la tribu pour rejoindre notre caverne secrète. J'en suis très fier ! Il faut dire qu'elle est magnifique, toute tapissée de peintures et de sable blanc ; je l'ai décorée moi-même avant de l'offrir à Cerise comme cadeau d'anniversaire.

Cette fois, pas de bison. Dommage : avec ses cornes d'aurochs toutes neuves, Cerise lui ferait peur.

Elle s'assoit pour se remettre de ses émotions pendant que j'allume un bon feu ; les flammes dansent avec la chevelure rouge de Cerise. C'est beau ! Je suggère :

– Alors, on… hum, on s'embrasse ?

Cerise grogne :

– Maintenant ?

– Oh oui !

– Avant que le vent tombe, que les feuilles repoussent et que les ronflosaures se réveillent ?

Je bredouille :

– Oh oui !

– Avant que maman Feuille-d'Érable prépare un nouveau sifflou ?

– Oh oui !

– Avant que mon papa Arbre-Rouge m'enlève ces horribles cornes ?

Ah, les cornes… C'est vrai que c'est un peu embêtant. J'aurais l'impression de donner un bisou au bison… Mais j'affirme courageusement :

– Oh oui-oui-oui-oui !

Et… et… et je l'embrasse ! ENFIN ! HOURRA !

Juste à ce moment-là, ses cornes d'aurochs disparaissent !

Ça alors ! Je deviens vraiment GÉNIAL : je possède non seulement un éternuement magique, mais aussi un bisou ensorcelé !

LE PANIER À GLACE

L'hiver arrive à pas de papiflon. Les glaciers brillent sur les montagnes ; le lac de la Lune est gelé.

Cette nuit, il a neigé sur la queue des dinosaures et le mufle des bisons ; il fait si froid que les cactus claquent des dents et que les champignons éternuent.

La tribu organise une grande chasse au mammouth : il faut préparer les provisions d'hiver. Je ne suis pas assez grand pour y participer mais je trépigne quand même d'excitation !

Pendant que les parents affûtent les lances et taillent les massues, mon cousin Gobe-Gobe, ma cousine Galipette, Sifflotin et moi, on s'occupe des marmites et des chaudrons. On grimpe sur une souche (c'est haut, une marmite à mammouth !) et on les nettoie avec de la neige fondue. C'est très poussiéreux, un gros mammouth !

Gobe-Gobe annonce :

– Il faudra une IMMENSE marmite car mon papa Très-Très-Brutal va attraper un mammouth géant !

Je réplique :

– Celui de mon papa Grand-Féroce sera si ÉNORME que même sa trompe ne tiendra pas dans la marmite !

Gobe-Gobe me traite de menteur, Sifflotin lui tire les cheveux, Galipette brandit une louche gigantesque taillée dans la défense d'un mammouth de l'hiver dernier. Bref, on commence à se battre, on glisse, et on se retrouve tous les quatre au fond de la marmite !

Maman et ma tante Gentille-Cabriole nous grondent :

– Ou vous êtes sages, ou vous n'aurez pas de mammouth cet hiver !

Oh là là ! UN régime, ça suffit !

La nuit suivante, la tribu se réunit au bord du lac de la Lune : le sorcier Arbre-Rouge organise une cérémonie en l'honneur de la chasse.

Il prononce des formules magiques, chante de sourdes mélopées, allume un feu étrange aux flammes rouges, bleues, vertes et jaunes, tandis qu'Œil-d'Écureuil et Oreille-de-Renard tapent sur de grands tambours en peau d'hippopotame.

Soudain, Cerise bondit sur le plus large des tambours et commence à danser ; ses cheveux rouges éclairés par les flammes flottent dans la bise.

Cerise danse longtemps, longtemps… Elle est merveilleuse, Cerise, magique et magnifique !

Quand je me réveille, le lendemain matin, papa est déjà à la chasse.

Il fait tellement froid que je refuse de quitter ma belle couverture en poil de grochameau.

Roûmm mon ronronge, après un tour dehors, revient avec du givre sur les moustaches et un glaçon au bout de la queue. Il me saute sur le ventre pour que je le caresse. Le misérable ! Il est plus froid qu'un fouphoque humide !

Sifflotin, lui, rigole en se serrant contre Floup. Avec son gros nez chaud et ses oreilles poilues, le renifflou ressemble à une bouillotte de fourrure.

Je n'ai pas DU TOUT envie de me lever, mais ma maman Jolie-Féroce m'ordonne :

– Petit-Féroce, va me chercher de la glace au lac de la Lune.

Oh là là ! Le lac ? Le lac GELÉ ? Je me roule en boule sous ma couverture en grognant comme un renifflou furibond.

– Petit-Féroce ? insiste maman.

Je marmonne :

– C'est pas moi ! Je ne suis pas là !

– Petit-Féroce ? répète maman, qui est parfois très obstinée.

– Je dors ! Je rêve ! Je rrrronfle !

Mais maman insiste :

– Dépêche-toi ! J'ai besoin de glace pour préparer les conserves de mammouth. Vite !

Bon, bon, puisque c'est pour les mammouths…

Avec Sifflotin, nous nous traînons lamentablement jusqu'au lac de la Lune et là, surprise, nous rencontrons Gobe-Gobe et Galipette : ils cassent de la glace qu'ils mettent dans de grands paniers. Ma tante Gentille-Cabriole prépare aussi l'hiver.

J'ordonne à Sifflotin :

– Donne-moi les paniers pour la glace.

– Je ne les ai pas.

Je rugis :

– Quoi ? Tu as oublié les paniers ?

Sifflotin réplique d'un ton indigné :

– Moi, je bouchais les oreilles de mon gentil renifflou pour que la neige ne rentre pas dedans. Et puis, c'est TOI l'aîné, tu devais t'en occuper.

– Justement, j'ai des tas de soucis, puisque je suis l'aîné ! D'abord, j'empêchais la queue de mon ronronge Roûmm de traîner dans la neige. Je croyais que TU t'occupais des paniers.

Bref, pas de paniers !

Sifflotin marmonne :

– Aïe aïe ! Maman va nous gronder !

Gobe-Gobe ricane :

– Hé hé ! Vous êtes plus bêtes que des paniers vides !

Décidément, mon cousin Gobe-Gobe est plus désagréable qu'un globulaid à poils durs.

Galipette sourit :

– Petit-Féroce trouvera SÛREMENT une solution. Pas vrai, Petit-Féroce ?

Là, je dois ABSOLUMENT avoir une idée : j'adore ça quand Galipette m'admire !

Je pense.

Je médite.

Je grimace.

Je me gratte le nez en fronçant les sourcils.

Je réfléchis tellement que j'ai de la fumée qui sort des oreilles.

Et soudain je crie :

– Je sais ! Puisqu'on n'a pas de panier, mettons la glace dans la poche du renifflou !

Sifflotin proteste :

– Il aura froid, le pauvre ! Il est très très frileux, Floup mon renifflou !

Je rétorque :

– Roûmm mon ronronge a prêté gentiment sa jolie queue pour calmer Petit-Sauvage, alors que ton renifflou râleur n'a servi à rien. Chacun son tour !

Roûmm ajoute en remuant joyeusement sa longue queue :

– Brrrîîî brrââââ brouououffff !

Ce qui signifie :

– Hé hé ! Cette fois c'est une TRÈS bonne idée, Petit-Féroce !

Floup gémit mais Sifflotin est vexé. Il ordonne :

– On va voir s'il ne sert à rien ! Ouvre ta poche, Floup, ou j'enfonce ton gros nez dans une ÉNORME boule de neige !

Et Sifflotin le bourre de glaçons.

Galipette proclame :

– Petit-Féroce, tu es génial !

Je précise modestement :

– Mais non, mais non, seulement très très très intelligent.

Lorsque nous retournons à la caverne, Floup a tellement de glaçons dans sa poche qu'il n'arrive pas à marcher ; Sifflotin et moi le tirons chacun par une de ses grandes oreilles.

Maman Jolie-Féroce récompense Floup avec une belle cracarotte. Roûmm en reçoit une aussi, même si sa longue queue n'a pas servi à grand-chose. Elle est gentille, maman !

Ensuite, Sifflotin et moi avons droit à un grand bol de soupe de mammouth chacun, et je propose :

– La prochaine fois, on lui mettra de la glace jusqu'au fond des oreilles, à Floup ! Ça nous évitera d'y retourner chaque jour.

HISTOIRES ET JEUX D'HIVER

Cette fois, l'hiver se déchaîne. La tempête hurle toutes les nuits. Il y a du vent et de la neige. Les trompes des mammouths et même les queues des crocodiles s'envolent dans les tourbillons.

Les mammouths courent derrière leur trompe sans pouvoir barrir (c'est difficile sans trompe !), en écrasant au passage les crocodiles qui claquent des dents en cherchant leurs queues.

Le matin, j'écarte les peaux de rhinocéros qui ferment notre caverne pour regarder dehors. La neige recouvre les pistes, les arbres et les montagnes.

Alors, maman propose :

– Il fait vraiment froid aujourd'hui. Les enfants peuvent rester à l'abri dans la grotte.

Sifflotin et moi on se regarde, ravis. L'hiver on s'amuse bien dehors : on fabrique des luges en corne d'aurochs, on se bagarre à coups de boules de neige, on patine sur le lac de la Lune. Mais, parfois, c'est drôlement agréable de rester bien au chaud dans notre caverne.

Le feu rouge, jaune et orange crépite, jette des étincelles qui éclairent les parois et répand une savoureuse odeur de résine. Les pommes de pin craquent au milieu des flammes ; Petit-Sauvage dort au fond de son berceau, tenant d'une main le bout du bout de la queue de Roûmm mon ronronge et de l'autre la grosse truffe de Floup le renifflou. Ils sont vraiment mignons, tous les trois.

Sifflotin et moi, on s'installe à plat ventre sur les épaisses fourrures de tigre étranglé et d'ours désossé qui tapissent la caverne.

Sifflotin soupire en remuant les orteils :

– On est drôlement bien chez nous.

Je demande :

– Maman, raconte-nous une histoire.

En hiver, quand le feu ronronne et que la marmite bouillonne, j'ADORE les histoires. Et maman connaît l'histoire du tyrannosaure frileux qui trempait son nez dans un bol de soupe et celle du brontosaure myope qui confondait les chourares sauvages et les betterages bizarres ; ensuite, papa raconte

celle du lapinois féroce qui mordait la queue des dinosaures et celle du roi des galopîtres qui sautait par-dessus la lune.

Quand il a fini, je demande :

– Et si tu nous racontais comment tu as rencontré maman ?

Sifflotin se roule joyeusement sur sa fourrure de tigre et implore :

– Oh oui, raconte !

Papa bougonne :

– J'étais un GRAND chasseur. J'offrais à votre maman des fleurs de volcan, des dents de dragon et des pierres de lune !

Maman commence :

– Quand j'ai connu votre papa, je m'appelais déjà Jolie-Féroce… (Bien sûr ! Maman a toujours été TRÈS jolie !) mais votre papa s'appelait Petit-Féroce, comme toi aujourd'hui, et ton oncle Petit-Brutal.

Je fronce les sourcils pour réfléchir. Mon papa qui n'était pas encore mon papa s'appelait comme moi, sauf que moi je n'étais pas encore là, et mon oncle Très-Très-Brutal était Petit-Brutal mais ce n'était pas encore mon oncle. C'est TRÈS simple !

Maman continue :

– Un jour, deux petits garçons arrivent devant ma caverne.

Je crie :

– J'ai compris ! C'étaient Petit-Féroce (mon papa) et Petit-Brutal !

– Exactement, confirme maman. Et Petit-Féroce (ton papa) me demande, les poings sur les hanches :

– Tu t'appelles Jolie-Féroce ?

– Oui.

– Tu n'as pas le droit ! MOI, je suis Petit-Féroce et TOI, tu n'es même pas de la famille ! Change de nom !

Tiens tiens… Il n'avait pas très bon caractère quand il était jeune, mon papa.

– Je le trouvais mignon, ce garçon, continue maman, alors, au lieu de lui tirer les cheveux, je lui ai demandé : quel nom ?

– Ça m'est égal ! Appelle-toi Jolie-Furie, ou Jolie-Sourire, ou même Jolie-Jolie.

– Pas question !

– Votre oncle Petit-Brutal (qui portait bien son nom) a hurlé :

– Flanquons-la dans un buisson de chardons-croque !

Sifflotin fronce le nez, crispe les doigts de pied et murmure :

– Oh là là ! Tu n'as pas eu peur ?

Roûmm et Floup frissonnent. Même dans les histoires, l'oncle Très-Très-Brutal les terrifie.

C'est passionnant ! Je crie :

– J'ai compris ! Tu as souri et BROUM, papa est tombé amoureux de toi. Tu as assommé Petit-Brutal avec sa propre massue et mon pas encore papa et toi vous vous êtes promenés sous les séquoias et embrassés sous les fouillis-feuillus. C'est drôlement romantique !

Sifflotin ricane :

– Juste comme Cerise et toi !

Il est bête, Sifflotin.

Mais maman rigole :

– Exactement ! Ton père a bredouillé : Hum, hum… Après tout, ce ne serait pas si mal si on appartenait à la même famille.

Sifflotin demande :

– Et l'oncle Très-Très-Brutal, qu'est-ce qu'il a dit ?

Papa répond :

– Il ronchonnait, il grommelait, il était jaloux mais Jolie-Féroce l'a présenté à sa meilleure amie, Gentille-Cabriole. Il est tombé amoureux d'elle et il est devenu plus doux qu'un papipluche.

L'histoire est finie. Le feu danse et s'épanouit. Dehors, la neige tombe toujours.

Papa et maman vont s'occuper de la réserve de mammouths, au fond de la caverne. Sifflotin propose :

– On joue à saute-mouflon ?

– D'accord !

C'est un jeu très simple : Sifflotin fait le mouflon (il s'attache de vieilles cornes sur le front) et il court à quatre pattes dans la grotte. Moi, je dois lui sauter dessus, le capturer et le ligoter avec une liane.

J'attaque, mais Sifflotin me mord le gros orteil. Je trébuche et je tombe la tête la première dans le piège à gloûtres de mon papa. Je n'arrive pas à me libérer et je hurle :

– Sors-moi de làààààà !

Sifflotin rigole… et il me flanque un grand coup de cornes dans le derrière !

Je braille :

– Mamannnnnnn ! Au secours !

Maman arrive, me tire du piège et menace :

– Soyez sages ou vous serez punis.

On promet et maman retourne s'occuper des mammouths en conserve.

C'est mon tour d'être le mouflon : ce coquin de Sifflotin essaie de me surprendre et je l'expédie d'une ruade dans le berceau. Catastrophe ! Tout le monde se réveille : Floup agite les oreilles, Roûmm claque des dents et Petit-Sauvage hurle sauvagement.

Papa et maman sont furieux. Maintenant il faudra des heures pour calmer le bébé ! Et comme il ne neige plus… vlan, ils nous mettent à la porte de la caverne jusqu'au dîner.

Sifflotin saute sur place pour se réchauffer. Il soupire :

– Brrr ! Il fait froid. Mais au moins, on a de la place pour jouer. On continue la partie ! Qui fait le mouflon ?

Quelqu'un rigole derrière nous :

– Hé hé ! Moi je suis le mouflon et vous deux les chasseurs ne sachant pas chasser chassés par le mouflon qu'ils chassaient sans savoir chasser.

Je me retourne et je reste bouche bée ! C'est Cerise avec d'énormes cornes sur la tête. Des vraies ! Sifflotin et moi, on ouvre de grands yeux. Elle explique :

– Mon papa Arbre-Rouge m'a appris la formule magique de l'autre jour, tu sais, celle des cornes d'aurochs. Je l'ai un peu changée... et voilà. Alors...

BÊÊÊÊÊÊ !

Alors Cerise nous fonce dessus et nous chasse à grands coups de cornes à travers la jungle !

Sifflotin et moi, on n'a plus froid du tout. C'est la meilleure partie de saute-mouflon de tout l'hiver !

L'INVENTION DU ROUROULE

Un matin, Sifflotin et moi sortons nous promener.

Quel calme, aujourd'hui : Cerise-qui-mord aide son papa à préparer des potions magiques. On sera tranquilles.

C'est même TROP calme, alors…

Alors j'envoie une boule de neige dans la figure de Sifflotin, par surprise (je suis rusé, hé hé !). Mais pendant que je rigole, je reçois une boule de neige dans le cou. GRR, quel sournois, ce Sifflotin !

On se bagarre, on se roule dans la neige et soudain je m'exclame :

– J'ai une idée ! On va fabriquer un ÉNORME diplodocus de neige.

Sifflotin proteste :

– C'est trop grand un diplodocus. Si on choisissait plutôt un mulo-moulu ? Ou même un bébé lapinois ?

Il est paresseux, Sifflotin. Je décrète :

– On va fabriquer un bonhomme de neige en forme d'oncle Très-Très-Brutal. Et ensuite on le bombardera de boules de neige.

EXCELLENTE idée, non ? L'oncle Très-Très-Brutal (le vrai) a un gros nez, c'est important pour un bonhomme de neige. Mais pas question d'envoyer des boules de neige à l'oncle Très-Très-Brutal (le vrai) qui a un caractère épouvantable. En plus, l'oncle (le vrai) a exactement la bonne taille : plus petit qu'un diplodocus et plus grand qu'un lapinois.

Cette fois Sifflotin est d'accord.

On s'installe dans une clairière et on se met au travail. Intrigués, Roûmm et Floup s'approchent et tournent autour de nous en reniflant. Je leur distribue des graines de tournesucette pour qu'ils nous laissent tranquilles.

L'oncle bonhomme de neige (le faux) est magnifique, avec une splendide cracarotte pour le nez, deux tristoumates pour les yeux et plusieurs radimoches pour les dents. Je le trouve très ressemblant !

Mais il faut retourner à la caverne, car c'est l'heure de la soupe au mammouth. On tire une dernière fois la langue à l'oncle de neige et on file.

Seulement, sur le chemin du retour, je fronce les sourcils et je m'arrête.

Sifflotin demande :

– Mais qu'est-ce que tu as ?

Je me gratte la tête pour réfléchir.

– J'ai l'impression d'avoir oublié quelque chose.

Soudain, à l'entrée de la grotte, alors que la grosse truffe de Floup hume déjà la soupe au mammouth, je hurle :

– Ça y est ! Je sais ce que j'ai oublié ! C'est Roûmm ! Il faut le retrouver !

Je suis très inquiet ; d'habitude, Roûmm ne me quitte jamais pendant une promenade. Nous retournons dans la jungle et j'appelle de toutes mes forces :

– Roûmm, Roûoûoûmm !

Pas de ronronge…

Sifflotin demande à Floup :

– Tu ne l'entends pas ?

Floup déploie ses grandes oreilles et les agite dans toutes les directions.

Pas de Roûmm. La clairière reste vide, l'oncle de neige brille dans le pâle soleil d'hiver…

Je commence à pleurer :

– Mon gentil ronronge est perdu ! Il a disparu, je ne le reverrai jamais !

Sifflotin essaie de me consoler :

– Roûmm est bien trop malin pour s'égarer. Il va revenir.

Il s'accroupit à côté de Floup et ordonne :

– Renifle de TOUTES tes forces. Il faut absolument retrouver Roûmm !

Floup rrrrenifle, rennnnifle et renifffffle encore… Et soudain il traverse la clairière et saute sur l'oncle de neige en claquant joyeusement des oreilles ! Je comprends brusquement :

– Roûmm est DANS l'oncle de neige !

Vite, on démolit l'oncle Très-Très-Brutal (le faux) : Roûmm est bien là, un bout de cracarotte accroché à ses moustaches !

Mon pauvre ronronge ! Il s'est glissé dans le bonhomme de neige pour manger la cracarotte et il s'est endormi. Maintenant, il est COMPLÈTEMENT glacé !

Pour se réchauffer, il a enroulé sa queue plusieurs fois autour de son corps mais il est GELÉ ! C'est épouvantable !

Sifflotin bredouille :

– Aïe aïe ! Je n'arrive même pas à dérouler sa queue.

Je bafouille :

– Oh là là ! Son museau est plus dur qu'une pierre de lune !

Floup gémit et frissonne de toutes ses oreilles. Sifflotin propose :

– Ramenons-le à la grotte. Maman le réchauffera.

Pour aller plus vite, je pose Roûmm par terre et je le roule sur le chemin : on dirait une grosse boule de neige.

Catastrophe ! Le chemin est en pente, Roûmm m'échappe et roule tout seul, de plus en plus vite.

On court derrière. Sifflotin halète :

– Oh là là ! Il va se casser en des tas de morceaux !

Heureusement, Arbre-Rouge et les hommes de la tribu, qui travaillent dehors à déplacer d'énormes arbres déracinés par la dernière tempête, arrêtent juste à temps mon pauvre ronronge glacé.

Le sorcier demande :

– Que se passe-t-il ?

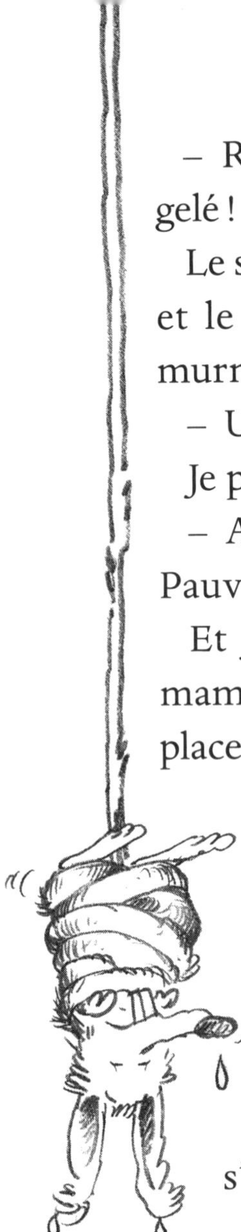

– Roûmm mon ronronge est gelé !

Le sorcier l'examine attentivement et le roule dans tous les sens en murmurant :

– Un ronronge gelé ? Hum hum…

Je proteste :

– Attention, ce n'est pas un jouet ! Pauvre Roûmm, il faut le sauver !

Et je décide de le confier à ma maman qui le met à réchauffer à la place de la marmite de mammouth.

Ça dure longtemps, longtemps. Je suis si nerveux que je tords l'oreille droite de Floup dans tous les sens. Et Sifflotin lui tord l'oreille gauche. Sifflotin aime beaucoup mon ronronge, même s'il se moque parfois de lui.

Enfin, mon Roûmm se met à bouger. Il est DÉGELÉ ! Fou de joie, je l'embrasse sur le museau, je lui offre une large feuille de saladouce. Il me saute sur l'épaule et me chatouille gentiment le nez du bout de la queue. Ensuite, on félicite Floup, le formidable renifleur : tout s'arrange !

Mais une lune plus tard…

Je me promène dans la jungle, Roûmm perché sur mon épaule et je rencontre les hommes de la tribu. Ils déplacent les arbres morts avec un drôle d'engin…

Ça… ça roule ! Ça roule mieux qu'un ronronge glacé !

Arbre-Rouge dit :

– Regarde, Petit-Féroce, il s'agit d'une invention IN-CRO-YA-BLE-MENT importante. Elle n'a pas encore de nom...

J'ouvre des yeux ronds :

– Je ne comprends pas. Les choses, dessous, qu'est-ce que c'est ?

Le sorcier explique :

– Ce sont des roues. Quatre roues ! J'y ai pensé en te voyant rouler ton ronronge gelé sur le chemin.

Il caresse le museau de Roûmm qui ronronne sur mon épaule et déclare :

– Félicitations à tous les deux !

La queue de Roûmm en frétille de fierté : même le chat noir de Cerise n'est pas aussi intelligent.

Cerise qui est là rigole :

– J'ai une idée ! Puisque c'est le ronronge qui a découvert cette invention (Roûmm claque joyeusement des dents !), on peut l'appeler un rouroule.

Elle a AUSSI de bonnes idées, Cerise.

C'est comme ça que Roûmm et moi, on a inventé la roue et le rouroule à quatre roues !

LE PRINTEMPS EST LÀ !

Depuis la grande invention d'Arbre-Rouge, les guerriers de la tribu utilisent sans arrêt la roue, la roulette et le rou-roule pour transporter des objets lourds, surtout des mammouths en conserve ! Je me sens drôlement fier en les regardant. C'est grâce à MON ronronge qu'Arbre-Rouge a inventé la roue.

Le printemps approche, il fait beaucoup moins froid. Vivement qu'on puisse se baigner dans le lac de la Lune ! En attendant, je retourne avec

Sifflotin dans la clairière du bonhomme de neige en forme d'oncle Très-Très-Brutal. Je voudrais le reconstruire, puisque je l'ai démoli pour sauver Roûmm. Seulement devinez QUI regarde l'oncle de neige, ou plutôt sa grosse tête qui a roulé sur le sol ?

L'oncle Très-Très-Brutal ! Lui-même ! Par malheur, je tiens à la main une cracarotte de remplacement pour le nez du bonhomme. Mon oncle comprend immédiatement que c'est moi qui l'ai fait. Il est rouge de colère !

Je réfléchis en vitesse. Je n'ai pas envie de recevoir une bonne fessée à grands coups de massue ! Il faut vite trouver un mensonge astucieux, par exemple raconter que c'est le cousin Gobe-Gobe qui l'a fait, le bonhomme, et il recevra la fessée à ma place. J'ouvre déjà la bouche pour l'accuser mais Sifflotin s'exclame avec un grand sourire :

– Bonjour mon oncle ! Il était beau, le bonhomme, hein ? Dommage qu'un poilopattes qui passait par là l'ait renversé. C'est Petit-Féroce qui l'a fabriqué. Il est drôlement doué, Petit-Féroce !

Aïe aïe aïe... Sifflotin est parfois beaucoup trop bavard. L'oncle Très-Très-Brutal fronce les sourcils. Il serre les poings. Il va exploser !

Normalement, quand mon papa Grand-Féroce me donne une fessée, ça ne se passe pas trop mal. Il est gentil, mon papa. Si je fais une bêtise (mais vous le savez c'est très très rare !), il commence par me faire peur en coupant une branche énorme pour la fessée !

Ensuite il fait semblant de m'effrayer en l'agitant. Moi, je fais semblant d'avoir très peur en claquant des dents. Puis papa me chatouille le bout du nez avec la branche et il m'en donne un tout petit coup sur les fesses, si petit que je ne le sens même pas, et il la jette par terre.

On rigole ensemble et je suis privé de mammouth pendant deux ou trois jours. C'est pas grave, j'ai l'habitude. Il est vraiment gentil, mon papa.

Mais là, l'oncle Très-Très-Brutal est rouge de rage. Ça va saigner !

– Qu'est-ce que c'est que ça ?! rugit-il à pleins poumons.

Il donne un terrible coup de massue à la tête de neige. Il l'écrabouille, il l'extermine ! Et ensuite, il avale la cracarotte !

Brrr… Je ne sais pas quoi dire mais Sifflotin intervient gaiement :

– On s'entraînait ! assure-t-il d'une voix convaincue.

– À quoi ? hurle mon oncle.

– À faire le plus beau bonhomme de neige du monde.

– Le plus beau ? demande mon oncle d'un ton un peu radouci.

– Il nous fallait un modèle, explique Sifflotin. Et papa dit toujours que tu es le plus grand guerrier de la tribu…

Oh oh oh… L'oncle Très-Très-Brutal cesse de froncer les sourcils.

– ... et le plus fort ! continue Sifflotin.

Ça marche ! L'oncle sourit jusqu'aux oreilles !

– ... et le plus courageux ! Alors bien sûr, c'est TOI qu'on a choisi comme modèle ! conclut Sifflotin.

L'oncle est ravi ! Il tapote gentiment la tête de Sifflotin puis la mienne (avec la main, pas avec sa massue) et déclare :

– Bravo mes chers neveux. Je suis très fier de vous ! J'aimerais que mon petit Gobe-Gobe suive plus souvent votre exemple. Je vais même vous aider à le reconstruire, votre grand et fort et courageux bonhomme !

Et pour une fois, on s'amuse comme des fous avec l'oncle Très-Très-Brutal. Il roule et soulève des boules de neige vraiment énormes !

Le nouveau bonhomme est si grand, si haut que je dois monter sur les épaules de mon oncle, et Sifflotin grimper sur les miennes, pour lui planter une nouvelle cracarotte au milieu de la tête.

Mon oncle recule un peu pour admirer notre œuvre et soupire :

– Ça me rappelle mon enfance, avec mon frère…

Il est tout ému. Moi aussi ! J'imagine Petit-Brutal et Petit-Féroce (mon papa !) en train de faire des bêtises grosses comme des mammouths il y a longtemps, longtemps.

Seulement… il est midi et le soleil, beaucoup plus chaud que les jours précédents, attaque le pauvre bonhomme. Il tremble, il coule… il FOND ! La cracarotte tombe par terre, au milieu d'une flaque d'eau.

Et tout autour, de jolies fleurs blanches et jaunes percent les dernières plaques de neige. Le printemps est arrivé ! D'un seul coup, comme un galopître au grand galop !

– Quel dommage… se désole mon oncle.

Il semble si déçu que Sifflotin court lui cueillir un gros bouquet de fleurs. Et moi je prends sa main et je déclare :

– Ne t'inquiète pas, l'hiver prochain on construira un oncle des neiges géant, encore plus beau, encore plus fort, encore plus grand.

Mon oncle sourit, renifle les fleurs de Sifflotin et déclare :

– Petit-Féroce, tu consolerais même un mammouth dans la marmite. Tu tiens de ton oncle, tu es un vrai génie ! Vive le printemps !

TABLE DES MATIÈRES

L'auteur

Né à Strasbourg en 1958, **Paul Thiès** a fait escale à Buenos Aires, Madrid, Tokyo, Mexico, avant d'atterrir plus longuement à Paris. Féru de littérature en tous genres, il est aussi remuant que ses personnages, aime beaucoup les gares et les aéroports, rencontre volontiers ses lecteurs qu'il entraîne dans des aventures endiablées, dans des univers peuplés de héros aussi touchants que malins.
Il a déjà écrit beaucoup de livres pour la jeunesse chez Rageot Éditeur.

L'illustrateur

Mérel est né en Alsace, à Mulhouse. Ancien élève des Arts décoratifs de Strasbourg, il vit en Alsace.
Il a illustré plus d'une centaine de livres pour enfants et publié de nombreux dessins dans différents journaux. Il aime illustrer des textes drôles avec des monstres ou des gamins délurés qui font plein de farces…

Achevé d'imprimer en France en novembre 2004
sur les presses de l'imprimerie Hérissey à Évreux
Dépôt légal : janvier 2005
N° d'édition : 4114
N° d'impression : 98038